에리얼,
간절히 원하면 이루어질 거야

지금 이 순간 용기가 필요한 너에게

에리얼,
간절히 원하면 이루어질 거야

인어공주 원작

알에이치코리아

Disney Ladies Series
디즈니 레이디스 시리즈

|

어렸을 때부터 어른이 된 지금까지
오랜 시간 동안 우리에게
따뜻한 위로와 진심 어린 응원을 전하고 있는
디즈니 애니메이션.

삶을 더욱 빛나고 단단하게 만들어준,
자신이 얼마나 가치 있는 사람인지 알게 해준,
디즈니의 여성들이 전하는 이야기입니다.

에리얼의 용기 있는 사랑 이야기를 담은 디즈니 애니메이션 〈인어공주〉는 지금까지도 많은 이들의 사랑을 받고 있습니다.

폭풍으로 난파된 배에 타고 있던 왕자를 구해 사랑에 빠지고, 바다 마녀와 거래하여 목소리를 잃는 대신 인간의 다리를 얻는 스토리는 에리얼의 용기 있는 행동이 특히 돋보입니다. 마녀의 마법으로 두 사람의 사랑은 방해받지만 결국 왕자와 함께 용감하게 싸워 영화는 해피엔딩으로 마무리됩니다.

인어공주 에리얼의 과감하고 용기 있는 행동은 무언가를 간절히 원하는 마음에서 시작되었습니다. 무언가 간절히 원하는 게 있다면 에리얼처럼 일단 한번 부딪혀보세요. 바라던 꿈이 이루어질지도 몰라요.

에리얼

투명하게 빛나는 깊은 바다색의 꼬리를 갖고 있다. 모험과 도전을 즐기며 긍정적인 성격과 용기, 인간 세상을 향한 동경을 갖고 있다.

에릭 왕자

모험을 좋아하며, 자유분방하고 활달한 성격의 소유자이다. 에리얼과 사랑에 빠진다.

플라운더

에리얼이 마음을 터놓고 비밀을 공유하는 친구. 항상
에리얼을 응원하고 돕는다.

세바스찬

에리얼을 감시하라는 명을 받지만 어느새 그녀의
사랑을 응원하는 어제의 적이자 오늘의 친구이다.

스커틀

말 많고 떠벌리기를 좋아하는 갈매기. 호기심 많은
에리얼의 궁금증을 해소해준다.

우슬라

문어의 하반신을 갖고 있는 바다 마녀. 에리얼의 목
소리를 빼앗는다.

Contents

투명하게
빛나는
용기를 가져요

2
**적극적으로
도전하는
나를 꿈꿔요**

3

**가치관을
인정하고
사랑을 시작해요**

1

투명하게
빛나는 용기를 가져요

언제나 나에게 솔직해요

난 강해요.
그리고 용감하죠.
언제나 나에게 솔직해요.

내 이름은 에리얼이죠.

환한 웃음은
타인의 마음을 사로잡아요 🐦

에리얼은 보는 사람까지 기분 좋게 만드는
시원스럽고 환한 웃음을 갖고 있어요.
멋진 물건을 보고 즐거운 일이 생길 때마다
그녀의 감정은 얼굴에 그대로 드러나죠.
'사람은 웃는 모습으로 알 수 있다'라는 말이 있지요.
에리얼처럼 환하게 웃는 얼굴은
사람을 유난히 멋지게 만들어준답니다.

정확하게 말하면,
웃음이 그 사람을 멋져 보이게 하는 것이죠.

지치고 힘들 때
힘이 되는 노래를 들어요 🍃

〈인어공주〉에서 에리얼이 부르는
'Part of Your World'의 가사를 살펴보면,
상당히 흥미로운 것을 발견할 수 있어요.
인간 세상을 향한 에리얼의 막연한 동경을 표현하던 가사가
에릭 왕자를 만난 뒤에는 명백한 의지를 담은 가사로 바뀝니다.
노래를 부르면서 감정이 달라진 것이지요.

기분을 전환하거나 집중력을 높이고 싶을 때
힘이 되는 노래를 부르거나 들어보세요.
기분이 한결 나아질지도 몰라요.

좌절에 빠졌을 때일수록
달콤한 위로를 경계해요

에리얼은 난파된 배에서 떨어진
에릭 왕자의 동상을 손에 넣고 크게 기뻐합니다.
하지만 트리톤 왕이 에릭의 동상을 부숴버리자
슬픔에 빠지게 되지요.
만약 그때의 충격이 없었다면,
에리얼은 우슬라의 달콤한 유혹에 빠지지 않았을지도 몰라요.

좌절에 빠졌을 때일수록
달콤한 위로나 유혹을 경계해야 해요.
다행히 영화는 행복한 결말을 맺지만요.

슬픔은 때로
힘이 되기도 하지요 🌑

에릭 왕자가 다른 여자와 결혼한다는 소식을 듣고
에리얼은 눈물을 흘립니다.
주변의 반대에도 본인의 의지로 인간이 되었기에
다른 사람을 원망할 수도 없었지요.
슬픈 결말과 불행한 미래까지도
그저 받아들일 수밖에 없음을 그녀는 알고 있었죠.
그러나 우슬라의 음모를 알고 난 뒤
눈물을 멈추고 용기 있게 맞서 싸웠답니다.

슬픔에 잠겨
잠시 눈물을 흘릴지언정 울기만 하지 않고,

눈물을 용기로 승화시킨다면
누구나 빛나는 존재가 될 수 있어요.

자신만의 보물을 만들어요

에리얼은 바다에 빠진 인간들의 물건을 주워
비밀 동굴에 모으는 게 취미입니다.
물건들은 에리얼에게 행복과 기쁨을 주는
소중한 보물이지요.
우리는 어른이 되어서도
좋아하는 것에 푹 빠져 몰입할 때 행복을 느끼곤 합니다.

프라운더나 스커틀 같은 친구들과 함께
좋아하는 즐거움을 나눠보세요.
그리고 서로 다른 취향과 취미를 존중해주세요.

꿈이 있다면
도전을 두려워 말아요

에리얼은 바다 위로 올라가는 모험을 즐깁니다.

인간에 대한 동경심은 에릭 왕자를 사랑하게 되면서

그의 곁에 가고 싶다는 강한 열망으로 바뀌죠.
그리고 꿈을 실현하기 위해 많은 노력을 합니다.

다른 세상을 꿈꾸며 노력하는 에리얼처럼
조금 색다른 세상에 도전해보는 건 어떨까요?

분노는 가끔
사람을 용감하게 해요

우리의 감정은 결코 단순하지 않아요.
슬픔의 이면에 분노가 숨어 있기도 하고,
반대로 격한 분노 뒤에 슬픔이 밀려올 때도 있죠.

우슬라에게 맞서 싸운 에리얼의 도전은
악당에 대한 두려움을 잊게 할 만큼의
분노가 만들어낸 행동이랍니다.

포기하지 말고
일단 한번 부딪혀보세요

포기하지 않고 용감하게 도전한 에리얼은
진실한 사랑과 행복을 손에 넣습니다.
새로운 도전이 눈앞에 있다면,
일단 한번 부딪혀보세요.

생각대로 순조롭게 풀리지 않을 수도 있지만,
해보지 않고 포기하는 것보다
도전해보는 것이 좋아요.

때론 근거 없는
자신감도 때론 필요해요 🌑

새로운 도전을 결심하게 하는 것은
자신감에서 비롯된 긍정적인 반응입니다.
실패를 두려워하는 사람과 성공을 믿는 사람은
같은 일을 하더라도 결과적으로 큰 차이를 보이죠.
근거 없는 자신감은 실패하더라도
'다음에는 잘할 수 있다'는 여유를 갖게 하고요.

사람은 성장하는 동안 여러 실패를 경험하고
주변 사람들의 부정적인 말을 들으면서
점차 자신감을 잃어갑니다.

하지만 그런 이유로 지레 포기하는 것보다

차라리 근거 없는 자신감으로

도전해보는 편이 낫지 않을까요?

2

적극적으로
도전하는 나를 꿈꿔요

물어보는 것은
부끄러운 일이 아니에요

모르는 것에 대한 호기심은
사람을 성장하게 하는 힘이에요.
호기심이 왕성한 에리얼은
갈매기 친구 스커틀에게 항상 이것저것 물어보죠.
자신의 무지를 인정하고
다른 사람에게 도움을 요청하는 에리얼의 자세를
다시 한 번 생각해볼 필요가 있어요.
'물어보는 것은 잠깐 부끄럽지만,
묻지 않으면 평생 부끄럽다'라는 말이 있지요.

모른다고 말하는 것이 부끄럽다고 묻지 않으면,
평생 모르는 채로 살아야 한답니다.

착한 아이에서 벗어나
자립심을 키워요

어린 시절에는 부모의 말을 잘 듣던
아이도 자신의 정체성을 깨닫고
어른이 되면서부터 부모와 갈등을 겪습니다.
에리얼과 트리톤 왕처럼요.
갈등은 아이가 부모에게서 자립하는 과정에서
일어나는 자연스러운 현상이에요.

그렇게 성장한 아이는
부모의 말을 잘 듣던 착한 아이에서 벗어나
스스로 판단하며 자신의 삶을 개척해나가고
그에 따르는 책임 역시 스스로 져야 한답니다.

선입견에 갇히지 말아요

에리얼은 타인의 말보다 자신의 생각과 느낌을 믿어요.
우리는 종종 다른 사람에 대한 평가나 소문을 듣곤합니다.
하지만 그 평가가 반드시 옳다고 할 수는 없지요.
특히 부정적인 이야기를 들었을 때는
잘못된 정보를 그대로 받아들여
남을 평가하지 않도록 주의해야 합니다.

선입견과 편견에서 완전히 자유롭기는 어렵지만,
잘못된 정보에 휘둘리지 않고
스스로 판단할 수 있도록 노력할 필요가 있어요.

변화를 즐겨보세요

사랑에 빠진 에리얼은 두근거리는 설렘과 함께
자신의 세상이 변하고 있음을 느껴요.
바다라는 익숙한 장소를 떠나는 두려움보다
미지의 세상을 향한 기대가 더 커져
결국 인간이 되기로 결심하죠.
새로운 변화가 앞으로 어떤 미래를 가져올지는
누구도 알 수 없어요.

현실에 안주하기보단 변화를 즐겨보세요.

이루기 쉬운 목표부터 정해요

에리얼은 '걷는 것'이 목표였어요.

그 목표는 적극적인 행동을 이끌어내는 원동력이 되었죠.

목표를 세우고, 그것을 이루기 위해

노력하고 도전하는 과정을 통해 사람은 성장합니다.

하지만 비현실적인 일이나

지나치게 힘든 목표에만 매달리다 보면,

오히려 거듭된 좌절에 자신감을 잃게 되죠.

그럴 땐 먼저 이루기 쉬운 목표부터 정해보세요.

하나씩 차근차근 달성하다 보면

조금씩 자신의 가능성을 넓힐 수 있을 거예요.

새로운 경험이
내일의 나를 만들어요

세상은 항상 변하고 있어요.
새로운 경험을 쌓고 새로운 지식을 배우면,
세상을 보는 시야가 넓어지고
새로운 일에 도전할 용기가 생깁니다.

오랫동안 변하지 않는 가치와 미덕을 잃지 않도록
노력하면서 변화를 즐겨보세요.

감정을 적극적으로 표현해보세요 🌑

쉽게 눈물을 흘리면
어른답지 못하다고 생각하는 사람도 있어요.
하지만 기쁨과 즐거움, 감동 같은 긍정적인 감정은
적극적으로 표현하는 것이 좋아요.

감정에 적극적으로 행동하는 에리얼이 아름다운 것처럼
적극적인 행동이 사람을 더욱 매력적으로 만들기 때문이에요.

자기 자랑보다는
감사함을 전해요

학교나 회사에서 얼마나 열심히 노력하고 성장했는지,
본인이 스스로 자랑한다면
주변 사람들이 불편함을 느낄 수 있어요.

스스로 말하지 않아도 멋진 사람은 누구나 알아봅니다.
그리고 칭찬을 들었을 때는 지나치게 겸손해하지 말고,
그저 고맙다고 말하면 된답니다.

부모님과
멋진 관계를 만들어요

이 세상에 완벽한 부모는 없을 지도 몰라요.
부모 역시 결점이 있고, 실수도 하는 평범한 인간이랍니다.
아버지의 마법으로 에리얼이 사람이 되었듯이,
인생 선배인 부모의 경험과 지식은
자녀에게 큰 도움이 됩니다.

부모의 사랑에 감사할 줄 알고,
자식을 대등한 존재로 존중한다면,
서로 멋진 관계를 만들어갈 수 있어요.

원망을 떨쳐버리고
상대방을 용서해요

우슬라는 그럴듯한 말로 에리얼을 이용하지요.
하지만 우슬라의 비참한 최후가 보여주듯이,

타인을 향한 복수심이나 원망을
계속 안고 사는 한 결코 행복해질 수 없어요.
상대방을 용서하지 못하는 것은
그 사람에게서 벗어나지 못했다는 증거랍니다.
진심으로 용서하기 힘들다면,
원망이라도 떨쳐버리는 게 좋아요.

잘못을 저지른 상대방에게

일말의 관심조차 두지 않고

웃는 얼굴로 행복하게 사는 것이
세상에서 가장 큰 복수랍니다.

3

가치관을 인정하고
사랑을 시작해요

사랑에 빠져보세요

인생은 보물이에요.
당신이 나에게 가르쳐줬어요.

초조할 땐
긍정적인 생각을 떠올려요

사흘 후 해가 지기 전까지 사랑의 키스를 해야 하지만,
에리얼은 초조해하지 않습니다.
그런 낙천적인 성격이
에릭 왕자의 마음을 사로잡은 비결이기도 하지요.
자신을 객관적으로 보면 초조한 마음을 극복할 수 있어요.

어떤 일을 할 때 초조하다는 생각이 든다면
낙천적이고 긍정적인 에리얼을 떠올려보세요.

사랑은 마법이에요

사랑에 빠진 에리얼은 콧노래를 부르며
설레는 감정을 숨기지 못합니다.
사랑은 그 사람을 빛나게 하는 마법입니다.
외모만이 아닙니다. 더 멋진 사람이 되고 싶은 마음에
무엇이든 더 열심히 하게 되지요.

사랑의 마법으로 자신을 가꿔보세요.
결과가 어떠하든
누군가를 사랑하게 된 것을 후회하지 않을 거예요.

솔직하게
호감을 표현해요

목소리를 잃은 에리얼은 표정은 물론 몸짓과 손짓 등
온몸으로 에릭 왕자에게 호감을 표현합니다.

사람은 자신에게 호감을 표현하는 상대를
좋아하는 경향이 있다고 해요.
물론 내가 좋아한다고 해서 당연하다는 듯이
상대방도 나를 무조건 좋아해주지는 않겠지요.
하지만 적어도 누군가가 자신을 좋아한다는 사실을 알아야
상대에게 관심을 기울일 수 있어요.

에리얼처럼 환하게 웃는 얼굴로
사랑과 행복의 감정을 솔직하게 표현해보세요.

시련을 두려워하지 말아요

에리얼은 사랑을 위해
다리를 얻는 대신 아름다운 목소리를 잃지요.
사랑에는 시련이 따르곤 합니다.
사랑하는 마음이 상대방에게 부담을 줄 수도 있고,
고백을 거절당할 수도 있어요.
그런 시련을 겪으면 누구나 상처를 받죠.
자신의 행동이 어떤 시련을 가져올지,
무엇을 얻게 할지는 아무도 몰라요.
시련이 두려워 회피하기만 하면 아무것도 얻을 수 없어요.

상처받지 않기 위해 웅크리고 있기보단
멋진 사랑을 하기 위해 노력하는 편이 낫지 않을까요?

사랑하는 사람에게
힘이 되어주세요

상대방을 돕는 것은 단순히 옆에서 보살펴주거나
말에 귀 기울여주는 것이 아니에요.
상대방이 괴로워할 때, 끝까지 믿고
마음을 기댈 수 있도록 지지해주는 것이죠.
상대방이 의지할 수 있도록
강인하고 믿음직한 모습을 보여주는 것도 중요해요.

아마 에리얼은 지금도 용기 있는 행동으로
사랑하는 사람에게 힘이 되어주고 있겠지요.

둘만의 시간을 즐겨요

첫 데이트는 서로가 서로를 관찰하는 시간입니다.
상대방의 반응을 살피고 자신의 감정을 돌아보며,
두 사람이 앞으로도 함께할 수 있을지 판단하지요.

함께 있으면 즐겁고 다음 만남이 기다려진다면,
연애가 시작됩니다.
간혹 서로 취향이 맞지 않을 때도 있겠지만,
실망하기보다는 두 사람이 함께하는 시간 자체를 즐겨보세요.

서로 좋아하는 것을 분명히 밝히고,
더 즐거운 시간을 보낼 수 있도록 노력해보세요.

상대방의 가치관을
인정해요

에리얼과 에릭 왕자는
서로 다른 환경에서 자랐습니다.
당연히 서로 가치관이 다를 수밖에 없죠.
그 차이를 현명하게 극복하기 위해서는
상대방의 삶을 있는 그대로 받아들이려고 노력해야 해요.
하지만 억지로 상대방의 가치관에 맞추거나
모든 일을 함께하려고 애쓸 필요는 없어요.
중요한 것은 두 사람의 공통점을 소중히 여기는 동시에
서로 다른 가치관을 인정하고
상대방을 존중하는 자세입니다.

그렇게 만들어진 두 사람의 세상은
한층 더 풍요롭고 행복해질 거예요.

실연을 털고 다시 일어나요

에릭 왕자가 다른 여인과 결혼하게 되자
에리얼은 실연의 아픔을 느끼며 슬픔을 스스로 감당해야 했어요.
상대방을 원망하기 시작하면,
슬픔과 괴로움에서 벗어날 수 없어요.
지금의 실연은 다음에 찾아올
새로운 만남을 위해 필요하기도 하지요.
슬픔은 사람을 강하게 만듭니다.
울고 싶은 만큼 울고 난 뒤에는 슬픔을 털고 다시 일어나세요.

사랑하고 사랑을 잃는 것이
한 번도 사랑해보지 않는 것보다 나으니까요.

4

내가 원하는 것이
무엇인지 잊지 말아요

좋은 결과를
상상하면서 적극적으로 행동해요

고민만 하다가 막상 해보면
생각보다 일이 쉽게 풀릴 때가 있지요.
그러니 고민하고 걱정하는 데 시간을 쓰지 말고
일단 한번 시작해보세요.
적극적인 행동력을 보여주는
좋은 본보기가 바로 에리얼입니다.
나쁜 결과를 예상하면 아무것도 할 수 없어요.
좋은 결과를 상상하면서 첫발을 내디뎌 보세요.

원하는 결과를 얻지 못하더라도
분명 과정에서 얻는 바가 있을 거예요.
아무것도 하지 않으면, 어떤 결과도 얻을 수 없어요.

순수한 마음을 잃지 말아요

에리얼은 천진난만하고 순수하며 솔직합니다.

남을 의심하지도 않지요.

사랑하는 사람 앞에서도

자신을 꾸미거나 포장하지 않고요.

스커틀의 말을 믿고 포크로 머리를 빗으며,

담배를 악기처럼 불기도 하지요.

그런 순수함이 주위 사람들의 마음을 움직였어요.

에리얼을 감시하라는 명을 받은 세바스찬마저도

나중에는 그녀의 든든한 아군이 되지요.

꾸밈없는 순수하고 솔직한 마음은

사실 다른 어떤 것보다 더 강한 힘을 가지고 있답니다.

주위를 돌아보세요

순수한 마음과 적극적인 행동력은
에리얼의 가장 큰 장점이지만
사랑에 눈이 멀어 우슬라의 속내를 알아채지 못했답니다.

자신의 꿈을 실현하기 위해서
앞만 보고 달려야 할 때도 있지만,
주위를 세심하게 살피는 것도 절대 잊지 말아야 해요.

가끔은
고개를 들어 하늘을 봐요

희극 배우 찰리 채플린은
'바닥만 보고 있으면, 무지개를 볼 수 없다'라고 말했습니다.

영화 〈인어공주〉에서 에리얼이
해수면을 향해 헤엄치는 모습은 상당히 인상적이지요.
더 나은 자신과 멋진 세상을 꿈꾸는
그녀의 마음을 표현한 장면입니다.

답답하고 우울할 때는 고개를 들어 하늘을 보세요.
스트레스가 풀리고 마음이 편안해질 거예요.

도전이 실패로 끝나더라도
후회하지 말아요 🌑

인생은 생각대로 흘러가지 않아요.
도전이 실패로 끝날 때도 많지요.
어떤 결과를 맞더라도 후회하지 않기 위해서는
스스로 선택하고 최선을 다해야 해요.

원하는 것을 모두 얻을 수는 없지만
꿈을 이루기 위해 최선을 다하면 한층 더 성장할 수 있을 거예요.

신중하게 말하는 연습을 해요

말에는 신비로운 힘이 있어 좋은 말을 하면 좋은 일이,
나쁜 말을 하면 나쁜 일이 일어난다고 해요.
그러니 말을 할 때는 신중해야 해요.
말에 따라 상대방을 웃게 할 수도 울게 할 수도 있어요.

말은 인간만이 부릴 수 있는 마법이랍니다.

더 나은 자신을 꿈꿔요

누구나 더 나은 자신을 머릿속에 그려보곤 합니다.
우리가 에리얼에게 공감하는 이유는
'더 나은 나'를 꿈꾸며
적극적으로 행동하는 용기를 보여주기 때문이에요.

가끔은 신중함이 필요해요 🌍

에리얼은 무모하고 낙천적인 성격 때문에 종종 실수를 해요.
그런 결점을 보완해주는 친구가 플라운더와 세바스찬입니다.
플라운더는 신중함을
세바스찬은 상식과 이성을 상징합니다.
에리얼이 그들의 말을 듣지 않고 결국 인간이 되기로 선택했듯이
마음 가는 대로 행동하는 용기도 필요하지만,

때로는 멈춰 서서
찬찬히 생각해보는 것도 필요하답니다.

하고 싶은 일은 반드시 해보세요

에리얼은 하고 싶은 일은 반드시 하고 말지요.
위험해 보이는 난파선을 탐색하고,
금지 구역인 바다 위에 올라가며,
아름다운 목소리를 대가로 다리를 얻고요.
얼핏 보면 제멋대로에 대책 없어 보일지도 모르지만
자신이 원하는 바를 분명하게 알고
최선을 다했기 때문에 결국 꿈을 이룹니다.
원하는 일에 최선을 다하는 것은
'더 나은 나'가 되기 위한 첫걸음이에요.

진심으로 하고 싶은 일이 있다면
어려운 일도 각오하는 것이 필요해요.
하고 싶은 일을 찾지 못했다면,
잘하는 일이나 재미를 느끼는 일부터 시작해보세요.

꿈꾸는 일이 있다면
지금 당장 시작해요

괴테는 이런 말을 남겼습니다.

"당신이 할 수 있거나 할 수 있다고 꿈꾸는 일이 있다면,
지금 당장 시작해라. 무모한 용기 속에
당신의 천재성과 능력 그리고 기적이 숨어 있다."

인어공주 에리얼은 자유로운 마음을 가졌습니다.

만약 에리얼이 지금 시대에 태어났다면 어떤 삶을 살았을까요?
호기심이 왕성하고 행동력이 뛰어난 만큼, 관심 있는 일이 생기
면 열정과 노력을 쏟아 성공을 이뤄냈을 지도 모릅니다.
반면 금세 사람을 믿는 단순한 성격 때문에 때로는 큰 시련에
처했을 수도 있겠지요.

하지만 에리얼에게는 시련을 이겨낼 수 있는 강한 의지와 끈기
가 있습니다. 절대 열릴 것 같지 않는 문을 열고, 불가능해 보이
는 일을 해내며 어떤 곳에서든 주눅 들지 않고 당당하게 살았을
거예요. 사랑하는 사람이 생기면, 타고난 행동력으로 상대방에
게 먼저 다가가 결국 사랑도 손에 넣었을 거고요.

에리얼은 우리와 많이 닮아 있습니다. 이 책에 소개된 에리얼의
법칙을 실천하면서 무슨 일이든 일단 부딪혀보세요.
행복은 누군가에게서 받는 것보다 스스로의 힘으로 만드는 것
이 훨씬 더 가치 있답니다.

옮긴이 정은희

고려대학교 영어영문학과를 졸업한 후 출판사에서 교육서적을 기획하고 편집했다. 오랜 꿈을
이루기 위해 글밥아카데미 번역가 과정을 수료하고, 현재 바른번역에서 전문 번역가로 활동 중
이다. 옮긴 책으로 《하버드 행복 수업》, 《곰돌이 푸, 행복한 일은 매일 있어》, 《미키 마우스, 나
자신을 사랑해줘》, 《디즈니 프린세스, 내일의 너는 더 빛날 거야》 등이 있다.

에리얼,
간절히 원하면 이루어질 거야

1판 1쇄 인쇄 2020년 3월 2일
1판 1쇄 발행 2020년 3월 18일

원작 인어공주
옮긴이 정은희

발행인 양원석 **편집장** 차선화
디자인 이재원 **영업마케팅** 양정길, 강효경

펴낸 곳 ㈜알에이치코리아
주소 서울시 금천구 가산디지털2로 53, 20층 (가산동, 한라시그마밸리)
편집문의 02-6443-8861 **도서문의** 02-6443-8800
홈페이지 http://rhk.co.kr
등록 2004년 1월 15일 제2-3726호

ISBN 978-89-255-6897-3 (03800)